Über die Autorin:

Helga Stährmann, Jahrgang 1941, geboren in Kappeln an der Schlei, verwitwet, Mutter von zwei Töchtern, Oma von zwei Enkeln und Uroma von bisher einem Urenkel. War viele Jahre „Leseoma" in einer Kindertagesstätte.

Viele Jahre erfreute die Autorin Verwandte, Freunde und Bekannte zu Weihnachten mit einer selbstgeschriebenen Weihnachtsgeschichte. Diese Erzählungen sind in diesem Buch versammelt.

Aktuell arbeitet die Autorin an einem Buch mit Geschichten für Kinder.

Helga Stährmann

NUN KANN ES WEIHNACHTEN WERDEN

Weihnachtliche Geschichten

© Oktober 2023 Helga Stährmann

Schulze-Delitzsch-Str. 41, 24943 Flensburg, info@klartext-nord.de

Buchumschlag & Layout: Birte Stährmann, www.klartext-nord.de

Foto Autorin: Birte Stährmann

Foto S. 24: Heike Schinkel-Fricke

Kapitelfotos: Pixabay

Verlag & Druck: tredition GmbH, Heinz-Beusen-Stieg 5, 22926 Ahrensburg

ISBN-Nummern

978-3-384-03341-3 (Softcover)

978-3-384-03342-0 (Hardcover)

978-3-384-03343-7 (E-Book)

Inhalt

Bald nun ist Weihnachten ...

Wenn die Tage wieder kürzer, dunkler und kälter werden, das Weihnachtsfest herannaht, kramt ein jeder in seinen Erinnerungen. Denkt an vergangene Zeiten, als er noch ein Kind war. Weshalb die meisten Leute von ihrer Kindheit träumen? Nun, es ist die Zeit, in der sie so richtig unbeschwert und fröhlich gelebt haben, in der alles möglich schien, und sei es nur in den Träumen.

Stellt euch einen bitterkalten, tiefverschneiten Wintertag vor. Es ist so kalt, dass die Fenster Eisblumen tragen und die Menschen nicht hinausgehen können, ohne dicke Schals umzubinden und Handschuhe anzuziehen.
In vier Tagen ist Weihnachten. Überall herrscht rege Betriebsamkeit. Besonders die Geschäftsleute haben viel zu tun, denn wie jedes Jahr werden viele Geschenke erst jetzt eingekauft.
Auch die Mütter müssen noch viel erledigen. Haben ihre Kinder sich doch schon ordentlich über die mühsam gebackenen Weihnachtsplätzchen hergemacht, so dass fast nichts mehr übrig ist. Ein Weihnachtsfest ohne Plätzchen ist

jedoch nicht vorstellbar und so erbarmen sie sich.

Auch der Tannenbaumverkäufer hat alle Hände voll zu tun, die schönsten Weihnachtsbäume sind bereits verkauft und er muss im Wald Nachschub holen.

Der Pastor weiß auch nicht, wie er noch alles schaffen soll. Zum Weihnachtsfest gehen immer so viele Leute in die Kirche, da möchte er eine besonders gute Predigt halten.

All diese Menschen sind unentwegt beschäftigt und die letzten Tage vor dem großen Fest vergehen ihnen viel zu schnell. Nur die Kinder können es kaum noch erwarten.

So auch Anna, ein sieben Jahre altes Mädchen, und Michael, ihr acht Jahre alter Bruder. Gemeinsam mit ihren Eltern leben sie am Rande der Stadt, in einem kleinen Backsteinhaus, aus dessen Schornstein der Rauch lustig qualmt.

Gerade sitzt die ganze Familie beim Frühstück, alle sehen noch verschlafen aus, doch die Kinder plappern schon fleißig herum. Sie sind etwas aufgeregt, da der Weihnachtsmann heute in die Schule kommen will, um jedem Kind etwas zu schenken. Da sie auch ihm eine Freude machen wollen, haben sie ein Gedicht auswendig gelernt.

Hoffentlich fällt es ihnen auch in der Aufregung ein. Michael übt noch ein bisschen: „Mutti, hör mal bitte zu. Lieber, guter Weihnachtsmann – hm, wie ging es weiter? Ach ja, schau mich bitte nicht so böse an ...“

Heute müssen die zwei nicht zum rechtzeitigen Aufbruch gemahnt werden, im Gegenteil, sie brechen sogar sehr zeitig auf. Da so viel Schnee liegt, dass sogar die Wege und Straßen verschneit sind, dürfen sie ihren Schlitten mit in die Schule nehmen. Warm eingepackt machen sie sich auf den Weg. Draußen ist es noch ganz dunkel und still, nur eine einzelne Amsel lässt ihren Gesang ertönen. Vom Himmel rieselt in dichten, weißen Flocken der Schnee herab. „Guck mal, Michael, da sitzen ganz viele kleine Schneeflocken auf meinen Haaren, sieht das nicht lustig aus? Wenn sie doch bloß dablieben ...“, seufzt Anna. Sie setzen ihren Weg fort, abwechselnd ziehen sie sich mit ihrem Schlitten, hin und wieder bewerfen sie sich mit Schneebällen. Sie kommen jedoch trotz dieser Spielereien rechtzeitig in die Schule. Die meisten anderen Kinder sind ebenfalls da, in der Vorhalle warten sie aufgeregt. Als der Acht-Uhr-Gong ertönt, verstummt das aufgeregte

Geplapper, es wird dunkel in dem großen Raum, nur ein paar Kerzen werfen flackerndes Licht. Auf einmal ertönt ein zartes Bimmeln, dann sind schwere Fußtritte zu hören. Laut pocht es an die Tür. Als wenn sie es lange geübt hätten, ertönt aus vielen Mündern gleichzeitig: „Herein, lieber, guter Weihnachtsmann!" Nun öffnet sich die Tür. In einem roten Mantel und mit einem langen weißen Bart tritt der Weihnachtsmann herein, er schleppt einen großen, schweren Sack.

„Guten Tag, liebe Kinder, ich habe bei diesem Schnee schon eine lange Reise hinter mir und möchte mich nun etwas ausruhen. Wollt ihr mir nicht in der Zeit ein paar Gedichte aufsagen? Außerdem muss ich euch ja erst kennenlernen, damit ich weiß, dass die Geschenke, die ich in meinem Sack habe, wirklich für euch sind. Wer mag denn anfangen?"

Noch immer ist es relativ still, auch die sonst so lebhaften Kinder, die immer irgendetwas zum Reden haben, schweigen. Irgendwann traut sich doch ein Kind und erzählt dem Weihnachts- mann ein Gedicht. Dieser lächelt zufrieden und bedankt sich freundlich. Nun ist auch Michael mutig und trägt sein Gedicht „Lieber, guter Weihnachtsmann" vor. Es klappt recht gut und als er mal ins Stocken gerät, hilft der Weihnachtsmann ihm weiter. Nach und nach wird es nun wieder lebhafter und fröhlich, ganz ohne Angst erzählen alle Kinder, was ihnen zu Weihnachten einfällt.

Der Weihnachtsmann sieht sehr zufrieden aus und als die Kinder geendet haben, sagt er: „Ihr habt mir viel Freude gemacht mit euren Geschichten, nun möchte auch ich euch eine Freude machen. Dieser große Sack ist voller Geschenke, für jeden von euch habe ich ein Päckchen dabei. Kommt nur vor und holt euch eins." Dies lassen sich die Kinder nicht zweimal sagen, geschwind kommen sie nach vorne, wo der Weihnachtsmann sitzt, und greifen in den großen Sack. Nun packen alle ganz eifrig ihre Geschenke aus, überall ertönen begeisterte Jubelschreie. Auch Anna und Michael freuen sich sehr über ihre Geschenke. Anna hat einen kleinen Plüschhund erhalten, der sie ganz lieb anguckt, Michael ein Buch mit lustigen Geschichten, außerdem haben beide noch leckeren Naschkram bekommen.
Alle Kinder sind so sehr mit dem Auspacken beschäftigt, dass sie gar nicht merken, wie der Weihnachtsmann den Raum verlässt. Als sie

sich bei ihm bedanken wollen, finden sie nur seinen leeren Sack und einen Zettel, auf dem steht: „Liebe Kinder, es war schön bei euch, doch muss ich nun gehen, denn ich habe noch viel zu tun, schließlich warten noch andere Kinder auf mich." Schnell laufen die Kinder hinaus, doch der Weihnachtsmann ist fort, nur die großen Fußstapfen im Schnee erinnern an seinen Besuch.

Weihnachten 2008

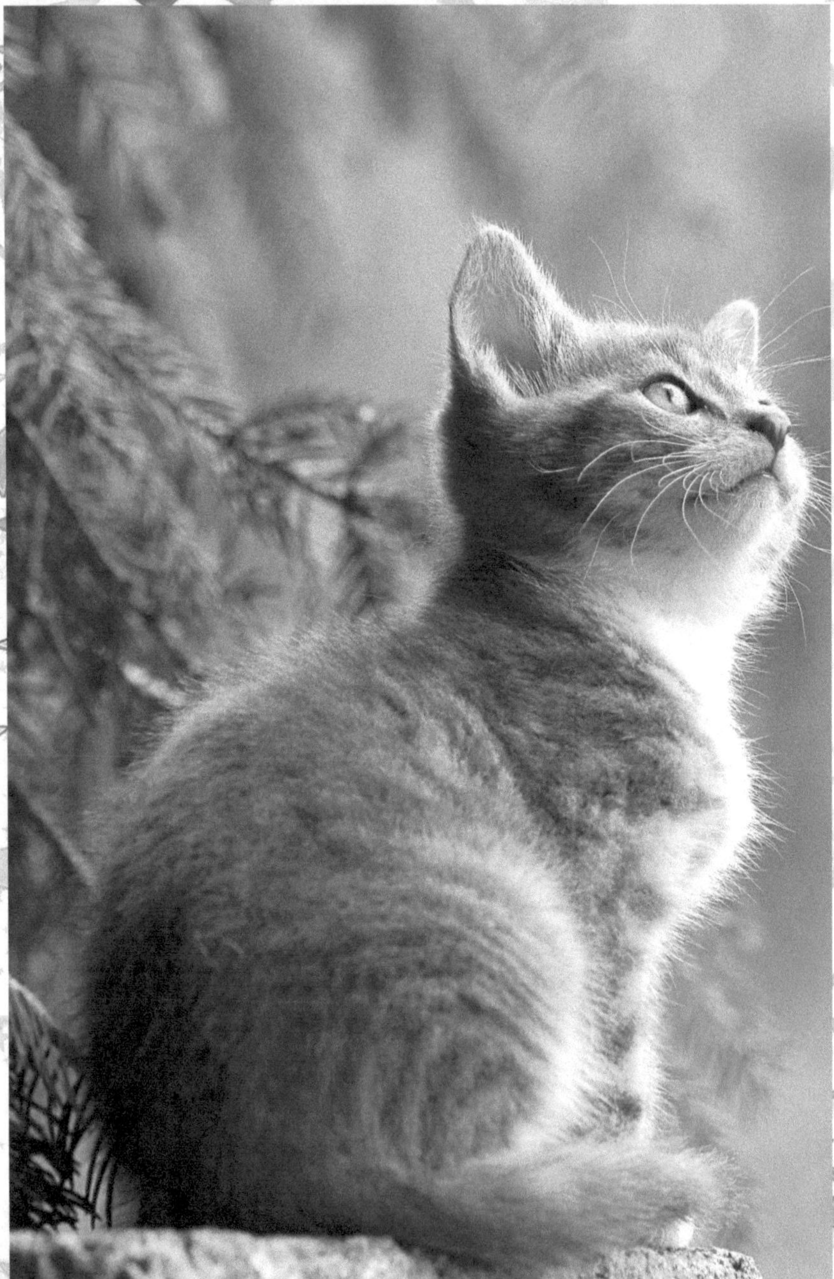

Das Weihnachtskätzchen

Menschen hasten durch die Straßen, beladen mit Einkaufstaschen und Paketen. Es ist der 24. Dezember. Die Stadt liegt im Schneematsch. Weihnachtliche Stimmung verbreitet nur die fantasievolle Beleuchtung in der Geschäftsstraße.

Wie anders in der stillen Rosengasse, am Rande der Stadt. Neben einigen Mehrfamilienhäusern stehen hier vor allem Reihen- und Einfamilienhäuser. Der Schnee liegt nahezu unberührt, nur die Straße, vom Streusalz getaut, ist grau und matschig. Viele Häuser sind weihnachtlich geschmückt. Die Kerzen in den Tannen der Vorgärten funkeln mit den Schneekristallen auf den Zweigen um die Wette. Vor einem Eingang verbreitet eine rote, dicke Kerze in einer Laterne ihr wohliges, warmes Licht, und auch sonst ist dieses Haus sehr liebevoll geschmückt. Aus dem Fenster dringt, ein wenig holprig und nicht immer gut zu hören, Klaviermusik. Dort scheint jemand eifrig das Weihnachtslied „O du fröhliche ..." zu üben. Es ist das Haus, in dem die siebenjährige Julia wohnt.

Während Julia im Esszimmer – hier ist der Tisch bereits für sechs Personen festlich gedeckt – noch am Klavier übt und sich gleichzeitig das gespannte Warten ein wenig vertreibt, die Mutter eifrig in der Küche werkelt und der Vater seine Ruhe im Arbeitszimmer gesucht hat, klingelt es an der Haustür. Der Vater öffnet, denn er hat bereits das Auto der Großeltern, die in der gleichen Stadt wohnen, kommen sehen. Mit großem Hallo und fröhlicher Umarmung begrüßen sich alle. Besonders Julia freut sich über das Kommen von Oma und Opa, denn sie weiß: Nun hat jemand Zeit für sie. Die Mutter befreit sich von ihrer Schürze und hat das Gefühl, in der Küche gut vorbereitet zu sein. Alle setzen sich bei einer Tasse Kaffee und den leckeren selbstgebackenen Plätzchen zusammen, und es gibt nur ein Thema: Wer wird der noch zu erwartende Gast sein?

In Julias Klasse wurde von ihrer Klassenlehrerin ein Projekt angeregt, Gäste aus dem Auffanglager für Flüchtlinge, das es seit einigen Jahren in der Stadt gibt, einzuladen. Julias

Eltern fanden es eine schöne Idee und hatten, da ihre Tochter als Einzelkind aufwächst, den Wunsch geäußert, ein Mädchen für diesen Tag und eine Nacht bei sich aufzunehmen. Außer Julias Mutter, mit der man Kontakt aufgenommen hatte und die natürlich alles mit dem Vater besprochen hatte, wussten weder Julia noch die Großeltern, wer sich als sechster Gast zu ihnen gesellen würde.

Erneut klingelt es. Die Mutter geht an die Haustür und aus dem Kleinbus vor dem Haus steigt, sehr zögerlich an der Hand eines Betreuers, die kleine Ayana aus Afghanistan. Liebevoll und warm begrüßt die Mutter das verschüchterte Mädchen und nimmt es vorsichtig in den Arm. Wie es sonst gar nicht ihre Art ist, versteckt auch Julia sich schüchtern hinter dem Rücken der Mutter.

Ayana hat bei einem Terrorangriff ihre ganze Familie verloren und ist mit den Nachbarn, die sich ebenfalls bedroht fühlten, über abenteuerliche Umwege im Flüchtlingslager der Stadt gelandet. Diese kleine Kinderseele musste vieles erleiden. Ein großes Misstrauen gegenüber Menschen hat sich bei ihr eingenistet. Ängstlich

und traurig blicken ihre dunklen ausdrucksvollen Augen.

Plötzlich ein klägliches „Miau"! Nun wird auch
Julia munter und wagt sich hinter der
schützenden Gestalt der Mutter hervor. Ganz
nebenbei kommt ein zaghaftes „Hallo" in die
Richtung Ayanas, um sich dann fragend an die
Mutter zu wenden: „Mutti, hast du es auch
gehört? Wir haben doch gar keine Katze." Wieder
ein leises und klägliches „Miau". Ayana vergisst
alle Ängste, denn sie hat als erste entdeckt, aus
welcher Richtung das Miauen kam. In der
äußersten Ecke der Diele, hinter dem Schirm-
ständer, hat sich zitternd, nass und zottelig ein
kleines Kätzchen verkrochen, das die gleiche
Angst hat wie zuvor Ayana.

Nun ist auch der Rest der Familie neugierig in
die Diele gekommen, und nicht mehr Ayana
steht im Mittelpunkt, sondern dieses kleine,
verschmutzte, kläglich anmutende Kätzchen. Es
muss unbemerkt in die Tür geschlüpft sein, als
Ayana und Julias Mutter den anderen im Bus
zum Abschied winkten.

Plötzlich ist alles Fremde zwischen den zwei so verschiedenen Mädchen verschwunden. Die eine blond, zart und mit wachen blauen Augen, die andere von dunkler Hautfarbe, dunkle Haare und mit ausdrucksvollen braunen, plötzlich ganz lebhaft blickenden Augen. „Komm", meint Julia und fasst Ayana an der Hand, „ich habe eine Idee." Während die Mutter beruhigend auf das Kätzchen einwirkt, sausen die beiden Mädchen in das Kinderzimmer, in dem auf der Schlafcouch schon das Bett für Ayana vorbereitet ist. Schnell leert Julia einen Weiden-korb, in dem sie Tücher gelagert hat, und saust mit Ayana an der Hand ins Bad. Dort holt sie ein Handtuch und einen Waschlappen aus dem Schrank, um wieder zur Mutter und den anderen in die Diele zu eilen. Dort nehmen die zwei Mädchen das ängstliche Kätzchen vorsichtig in den Arm und rubbeln es gemeinsam ab und befreien die Pfötchen vom salzigen Schneematsch. Sie sprechen nicht die gleiche Sprache, haben so unterschiedliche Biografien, doch dieses kleine Tier hat geholfen, alles Fremde zwischen ihnen zu überwinden.

Man kann sich gut vorstellen, wie die Geschichte weitergeht. Ungeduld während des

Essens, eigentlich finden die beiden Mädchen nur noch den leckeren Nachtisch interessant, denn ihre Gedanken sind bei der kleinen Katze in der Diele. Ob sie wohl in Julias Weidenkorb liegt? Als dann alle ins Nebenzimmer gehen, vor den Tannenbaum, der mit vielen Kerzen so wundervoll leuchtet und liebevoll geschmückt ist und Ayana mit offenem Mund staunen lässt, darf nun auch das Weihnachtskätzchen mit ins Zimmer. Liebevoll geborgen liegt es bei der kleinen Ayana im Arm. Julia setzt sich jetzt ans Klavier, um mit dem lange geübten „Oh du fröhliche ..." den schönen Gesang der Familie zu begleiten. Nach der zweiten Strophe summt auch Ayana leise mit und das Kätzchen schnurrt zufrieden.

Wie unwichtig sind an diesem Abend die Geschenke, unwichtig auch die Ängste, die Scheu, die Sprachschwierigkeit. Wichtig ist nur noch das zugelaufene Kätzchen, das mit Milch verwöhnt wird, das sich inzwischen liebevoll streicheln lässt und fröhlich dem Wollknäuel hinterherläuft. Auch das Einschlafen ist kein Problem, beide Mädchen sind nach so viel Aufregung zum Umfallen müde.

Dieses kleine zugelaufene Kätzchen hat den Mädchen geholfen, Schranken zum Einsturz zu bringen, hat Vertrauen geschaffen, hat Sprachschwierigkeiten klein werden lassen, hat für unbeschwerte Fröhlichkeit gesorgt. Aus dieser Begegnung am Heiligen Abend entsteht eine lang anhaltende Freundschaft.

Oh du fröhliche, oh du selige Weihnachtszeit!

Weihnachten 2012

Nun kann es
Weihnachten werden

Die Dämmerung kriecht in die kleine Wohnstraße. Hier und da ein Licht in den Häusern, die elektrischen Kerzen an den Tannenbäumen in den Vorgärten künden vom nahenden Weihnachtsfest.

Auffallend ist die Helligkeit im Haus am Ende der Straße. Jedes Zimmer ist hell erleuchtet. Vor zwei Tagen hielt hier ein großer Möbelwagen, neue Mitbewohner zogen in das Haus. Personen huschen hektisch hin und her, rücken an Möbeln, packen und sortieren und bemerken in ihrem Eifer gar nicht das Häuflein Unglück auf der breiten Fensterbank.

Es ist die kleine Tochter Janina, die zusammengesunken, mit hochgezogenen Knien, den Kopf unter den Armen versteckt, dort hockt. Sie sehnt sich so sehr nach ihrem alten Zuhause, nach ihrer Freundin Tina, mit der sie vor einem halben Jahr eingeschult wurde, und ganz besonders nach Bingo, ihrem geliebten Hund. So viele Kilometer trennen sie davon. Und ob Bingo, der bei der Oma geblieben ist, überhaupt zurückkommt, steht in den Sternen. Auch die Mutter wird nun wieder in ihrem alten Beruf als Lehrerin arbeiten und es wurde viel diskutiert, ob Bingo so viele Stunden allein sein kann. Wie sehr sehnt Janina sich nach ihrem Spielgefährten, nach seiner tröstenden Wärme. Und morgen ist Heiligabend, daran mag sie gar nicht denken.

Als es Zeit zum Schlafengehen ist, tappt sie mit hängendem Kopf in ihr Zimmer und staunt nicht schlecht. Gestern noch standen viele Kartons, wo heute alles an seinem Platz ist. Sogar die Bilder hängen schon an den Wänden. Alles scheint schon ein wenig vertrauter. Doch als die Mutter zum abendlichen Singen und Gute-Nacht-sagen ins Zimmer kommt, beginnt Janina bitterlich zu weinen. „Ich will nicht hierbleiben, ich will zurück, zu Tina, zu Oma! Ich will nicht in eine neue Schule! Und ohne Bingo will ich überhaupt nicht Weihnachten feiern!" Liebevoll wiegt die Mutter sie im Arm und versucht sie zu trösten. Endlich schläft Janina ermattet vom vielen Weinen mit einem letzten Schluchzer ein. Vorsichtig legt die Mutter ihre Tochter ins Bett und verlässt traurig das Zimmer.

Wilde Träume begleiten den Schlaf der kleinen Janina. Immer wieder erscheint im Schlaf ihr geliebter Bingo, der sie verzweifelt sucht und in Eiseskälte im Wald herumirrt. Doch er hat Glück und begegnet einem Hasen, der ihn einlädt, die Nacht mit ihm zusammen in seinem Bau zu verbringen. Sie kuscheln sich aneinander und haben es so behaglich und warm. Am nächsten Morgen verabschiedet sich Bingo von seinem neuen Freund und läuft weiter suchend durch den Wald. Plötzlich wird sein Weg durch einen Bach abgeschnitten. Hat er den Mut, ihn zu überspringen? Er versucht es, schafft es aber nicht und rutscht vom vereisten Ufer ab ins eisige Wasser.

Langsam und völlig verstört wacht Janina aus diesem aufregenden Traum auf. Etwas Feuchtes berührt ihr Gesicht. Sie reibt sich die Augen und schließt sie blinzelnd wieder. Träumt sie noch immer? Sie kann es nicht glauben. Schwanzwedelnd steht Bingo vor ihr. Mit einem Jubelschrei springt sie aus dem Bett, um ihren geliebten Bingo in die Arme zu schließen. Schmunzelnd stehen ihre Eltern in der Tür, und nun entdeckt Janina auch die Oma, die sich mit Bingo auf die Reise gemacht hat. Fröhlich hüpfen Bingo und Janina ins Wohnzimmer, und auch hier staunt sie. Keine Kartons, alle Möbel an Ort und Stelle. Und dann entdeckt sie einen Tannenbaum und die vertraute Kiste mit dem Weihnachtsschmuck steht davor.

Janinas kleines Herz hüpft, nun freut sie sich doch auf Weihnachten. Ihr geliebter Bingo ist bei ihr. Auch das Wohnzimmer wirkt nun schon vertraut, und als sie sich mit Bingo im Arm auf ihren Lieblingsplatz, die Fensterbank, setzt, kommt sie aus dem Staunen nicht heraus: Der Garten ist weiß gepudert.
Irgendwann wird auch Tina zu Besuch kommen und Janina wird sie stolz durchs Haus führen.

Alles ist gut! Frohe Weihnachten!

Weihnachten 2013

Die Engelschule

Welch fröhliches, aufgeregtes Treiben herrscht in der Engelschule im Himmel. Ganz deutlich spürt man: Das Weihnachtsfest steht vor der Tür, und einige der Engel haben ihre Prüfung für den Einsatz auf Erden bestanden. Gespannt warten sie, das Gelernte umsetzen zu dürfen. Über viele Monate lernten sie eifrig in den verschiedenen Fächern. Neben dem Allgemeinunterricht wurden die Fächer Beten, Zuversicht, Kraft spenden, Vor Unheil bewahren, Freude bereiten gelehrt, doch jeder Tag begann erst einmal mit dem Fach Singen. Hätten die Menschen Gelegenheit, diesem zarten, vielstimmigen, glockenreinen Engelschor unter dem Himmelszelt zu lauschen, er würde sie friedlich stimmen, sie zum Innehalten bewegen, ihnen Kraft spenden. Vielleicht wäre er sogar in der Lage, Kriege und Hass zu verhindern, dieser Engelschor.

Gespannt und auch ein wenig ängstlich warten nun einige von ihnen auf ihren ersten Einsatz auf Erden, und ein großes Abschiednehmen beginnt. Zwei von ihnen, die Engel Gabriel und

Emanuel, werden wir nun auf ihrem Weg begleiten, der sie in eine Stadt in den Norden führen soll. Einen Weihnachtsmarkt gibt es dort, und ganz in der Nähe steht eine Kirche; dies wird ihnen mit auf den Weg gegeben, alles Weitere wird sich finden.

Gemeinsam gleiten sie auf einem Mondstrahl hinunter auf die Erde. Immer schneller geht die Fahrt, und schon bald erkennen sie die Lichter der Stadt, sehen die Kirchturmspitze, auf die sie zusausen, bevor sie sanft auf den Zweigen einer hohen Tanne direkt neben der Kirche landen. Wie soll es nun weitergehen? Noch während sie beraten, entdeckt Gabriel ein schwaches Licht und einen Spalt im Kirchenfenster. Schnell huschen sie ins Innere der Kirche. Auch hier steht ein großer Tannenbaum und sind viele Engel. Engel auf Wandmalereien, als Skulpturen, und sie alle scheinen zum Leben zu erwachen, und ein vielstimmiger Engelschor ertönt durch das Kirchenschiff. Nun fühlen sich Emanuel und Gabriel gestärkt und angekommen und schlummern nach den Aufregungen der Nacht beruhigt ein.

Als Gabriel und Emanuel am nächsten Morgen durch das Öffnen der großen Kirchentür erwachen, stellen sie mit Erstaunen fest, dass alle Engel wieder an ihren Plätzen erstarrt sind. Die beiden sind nun wieder ganz auf sich gestellt und überlegen gespannt, wie es nun weitergehen soll. Immer wieder öffnet sich die Kirchentür und Menschen treten ein, um zu schauen, zu beten oder sich einfach still in eine der Bänke zu setzen und innezuhalten. Der Engel Gabriel beobachtet eine ältere Frau, tief im Gebet versunken, während ihr Tränen über das Gesicht laufen. Ganz intensiv überlegt er und versucht den Grund der Trauer zu ergründen, um vielleicht hilfreich einzugreifen.

Auf den Stock gestützt begibt sie sich in ihre nahegelegene Wohnung, schaut hier aber als erstes gespannt in den Briefkasten. Ratlos betrachtet sie den amtlich aussehenden Brief und öffnet ihn, hastig und mit bangem Herzen, denn er ist von der Organisation, für die ihr Sohn in einer unruhigen Region ein Hilfsgebiet betreut und von dem sie so lange keine Nachricht erhalten hat. Schnell überfliegt sie die Zeilen: „Ihr Sohn Joachim konnte durch Glück noch einen Platz im Flugzeug bekommen, hatte jedoch keine Zeit, Sie zu benachrichtigen, und bat uns, Ihnen mitzuteilen, dass er in wenigen Tagen bei Ihnen sein wird. Wir wünschen Ihnen beiden frohe Weihnachten!" Nun fließen erneut Tränen, doch nicht Tränen der Trauer, sondern der Freude. Auch Gabriel kann sich nun getrost verabschieden, alles ist gut.

Emanuel fliegt immer noch suchend über die Stadt. Auf dem Weihnachtsmarkt scheinen sich die Menschen fröhlich und laut um die Ess- und Punschbuden zu vergnügen, viele Fenster sind schön geschmückt, und ganz besonders begeistern ihn die sich spiegelnden Lichter im Hafen der Stadt. Da entdeckt er einen großen Gebäudekomplex, der ihn neugierig macht. Eine breite Tür öffnet sich automatisch und Emanuel schlüpft mit hinein, entdeckt einen großen Raum, in dem viele Menschen wartend auf Stühlen sitzen. Hier wird nicht gelacht, alle schauen ernst und haben Sorgen, dies spürt Emanuel. Besonders auffallend ist eine kleine Gruppe um einen Rollstuhl herum, in dem ein kleiner Junge abwesend und blass sitzt. Seine Schwester streichelt seine Hand und schluchzt bitterlich, denn sie fühlt sich schuldig. Beide hatten zusammen auf dem Hochbett im Kinderzimmer getobt und wurden dabei immer übermütiger, bis der kleine Jan schließlich auf den Boden gestürzt war und alle mit einem Beinbruch rechnen, dort sind seine Schmerzen besonders schlimm, und mit einer Gehirnerschütterung – und dies ausgerechnet kurz vor Weihnachten.

Da kann Emanuel hilfreich eingreifen. Schließlich geht es zur Untersuchung und der Vater und Marie warten mit bangem Herzen auf das Ergebnis. Nein, es ist kein Beinbruch, nur eine Verstauchung, und die leichte Gehirnerschütterung kann zu Hause auskuriert werden. Um das Sprunggelenk bekommt Jan einen kühlenden Verband, und die kleine Familie, besonders natürlich die kleine Marie, verlässt erleichtert das Krankenhaus. Wie gut, bis Weihnachten sind es ja noch ein paar Tage. Auch unser Engel Nummer zwei hat seine Mission erfüllt.

Wie gut, dass es Schutzengel gibt, doch daran muss man auch ganz fest glauben.
Es geht zurück zur Kirche, und um Mitternacht erschallt zart und glockenhell der Chor der Engel:

„ Vom Himmel hoch, da komm ich her,
ich bring euch gute neue Mär;
der guten Mär bring ich so viel,
davon ich singen und sagen will. "

Weihnachten 2014

Aisha, Joshua und der erste Schnee

Es ist früh am Morgen. Ein grauer Morgen. Nebelschwaden umwabern die Silhouette der Stadt, auf die ich so gern von meinem Sessel am Fenster im fünften Stock blicke. Trübe auch meine Gedanken. Bis ich das Flensburger Tageblatt aufschlage und mir auf der ersten Seite ein Foto in die Augen springt und mich gefangen nimmt. „Spielen im ersten Schnee" lautet die Bildunterschrift, am 15. Oktober 2015. Ein überraschender Wintereinbruch im Harz, in Sankt Andreasberg. Zwei syrische Kinder, dick eingemummt, erleben ihren ersten Schnee. So viel Glück, Leichtigkeit, Freude, befreiendes Lachen spricht aus ihren Gesichtern, zaubert ein Lächeln auch auf mein Gesicht, regt mich an, eine Geschichte über diese zwei Kinder zu entwickeln – meine Weihnachtsgeschichte.

Wir schreiben den Monat Dezember. Aisha, vier Jahre alt, und ihr Bruder Joshua, einige Jahre älter, stammen aus einem kleinen Dorf in Syrien, gehören dort zur Minderheit der Christen. Das Zusammenleben mit den anderen

Dorfbewohnern ist nicht immer leicht. Doch es sind nicht nur Repressalien, gegen die sie sich wehren müssen; viel schlimmer ist die ständige Angst vor dem Bombenhagel, der nun auch ihr Dorf erreicht hat. Sie fühlen sich nicht mehr sicher, die Eltern sehen keine Perspektive für ihre heranwachsenden Kinder und beschließen, da sie alle jung und gesund sind, den Weg der Flucht – auch wenn er viele Gefahren birgt und sie Abschied nehmen müssen von Verwandten und ihrem Haus, das noch nicht von Bomben zerstört wurde.

Ein langer beschwerlicher Weg liegt hinter ihnen, als sie mit bangem Herzen, doch alle gesund, in Deutschland der kleinen Stadt Sankt Andreasberg im Harz zugewiesen werden. Auch hier haben sie viel Glück: Sie finden in einem kleinen, alten Fachwerkhaus, ganz nahe der Kirche des Ortes, zusammen mit zwei weiteren Flüchtlingsfamilien ein neues Zuhause.
Schnell werden sie von den offenen und hilfsbereiten Gemeindemitgliedern integriert.

Aisha und Joshua sind zunächst noch sehr scheu, sie verstehen die anderen Kinder nicht; alles ist neu und unbekannt für sie. Doch es gibt viele Aktivitäten in dieser Kirchengemeinde, in die sie ganz selbstverständlich einbezogen werden.

Es gibt einen Kirchenchor für Kinder; auch die Band aus Jugendlichen hat tolle Erfolge. Aisha versucht schon bald im Kinderchor mitzusingen und lernt dabei ganz leicht die ersten deutschen Worte. Joshua hat es dagegen sehr viel schwerer, sich in die Gemeinschaft zu integrieren. Er ist scheu und zurückhaltend, bis einer der Jugendlichen der Band auf die Idee kommt, ihm das Gitarrespielen beizubringen. Plötzlich spricht auch Joshua die ersten deutschen Worte und ist ganz begierig, mehr zu lernen. Der Knoten in ihm hat sich gelöst.

Das Weihnachtsfest rückt näher. Für die Kinderweihnachtsfeier soll ein Krippenspiel einstudiert werden. Alle sind sich einig: Auch Aisha und Joshua, genau wie noch einige weitere Flüchtlingskinder, sollen sich beteiligen, wenn sie Lust haben. Aisha stellt einen der Hirten dar. Mit ihrem strahlenden Blick, dem Lammfell über der Schulter und dem Hut auf dem Kopf sieht sie bezaubernd aus. Ihr Bruder Joshua spielt inzwischen so gut Gitarre, dass er in der Jugendband zu dem Gesang der Kinder während des Krippenspiels sicher und glücklich seinen Beitrag leistet. Ein kleiner Junge aus Eritrea spielt befreit auf einer Trommel, ein kleines Mädchen aus Afghanistan schlägt die Triangel fast perfekt. Und auf allen Kindergesichtern liegt ein glückliches Strahlen. Endlich fühlen sie sich geborgen, nach all den erschreckenden Erlebnissen.

Und schaut man in die Reihen der Kirchenbänke, mit den für uns fremd aussehenden Eltern – welch Glück, Stolz und sicher auch ganz viel Dankbarkeit kann man an den Gesichtern ablesen.
Doch auch für die Einheimischen ist es ein ganz besonderer, ein bewegender Weihnachtsgottesdienst. Besonders all die stillen Helfer schauen glücklich und zufrieden. Sie haben es geschafft, Fremdheit zu überwinden und ein gutes Miteinander zu schaffen.

Das Erleben eines unvoreingenommenen, glücklichen Strahlens aus Kindergesichtern, das das Grau des Wetters und meiner Gedanken in Dankbarkeit umwandelte, wünsche ich vielen von uns, gerade in dieser Zeit, in der die Unsicherheit und die Ängste immer stärker

werden. Ich wünsche allen beglückende Beob-
achtungen und Erlebnisse in der besonderen Zeit
der Weihnachtstage.

Weihnachten 2015

Das etwas andere Weihnachten

Die beiden Geschwister Peer, 15 Jahre alt, und seine Schwester Anna, 13 Jahre, sitzen mit hängenden Köpfen auf einer Umzugskiste und können es noch immer nicht fassen – so viel hat sich in den letzten Monaten bei ihnen verändert.

Bis vor kurzem wohnten sie in der Stadt, in einem großen und schönen Haus. Jeder hatte sein eigenes großes Zimmer, mit einem gemeinsamen Bad. Bis zur Schule war es ein Katzensprung, und auch zu ihren Freunden war es nicht weit. Alles schien so einfach. Bis zu dem schweren Motorradunfall ihres Vaters, der das Leben der ganzen Familie verändert hatte. Es war für sie alle traurig und bedrückend zu sehen, wie eingeschränkt und oft auch mutlos ihr früher so sportlicher Vater den Tag im Rollstuhl verbringen musste. Der Unfall lag nun schon zwei Jahre zurück, und es zeichnete sich ab, dass er nie wieder an seinen Arbeitsplatz als Ingenieur zurückkehren würde. Viele intensive Gespräche hatte die Familie miteinander geführt. Alle wussten, dass sich die Zukunft anders gestalten würde, dass sie sich nun einschränken und damit auch von dem so komfortablen Haus trennen mussten. Lange hatten die Eltern nach einer Lösung gesucht und waren glücklich, ein kleines, altes Haus gefunden zu haben. Dieses war bereits rollstuhlgerecht umgebaut worden. Allerdings lag es außerhalb der Stadt und nicht mehr in der Nähe der Schule und der Freunde. Ihr ehemaliges Haus hatten sie gut verkaufen können.

Doch gestern war der Heilige Abend. Der Umzugstermin war erst kurz vor Weihnachten, und vieles war nicht dort, wo es sein sollte. Noch immer standen Umzugskartons unausgepackt herum.

Peer und Anna sitzen lustlos in einem der sehr kleinen Kinderzimmer auf einer Kiste, die auf das Sortieren und Auspacken wartet, und lassen die Köpfe hängen. Der gestrige Heilige Abend war so anders gewesen. Kein Weihnachtsgottesdienst, kein Besuch der Großeltern, der Tannenbaum klein und bescheiden und auch nicht so liebevoll wie in den anderen Jahren geschmückt, denn Mutter hatte die richtige Kiste mit dem Weihnachtsschmuck noch nicht gefunden. Beide

Kinder hatten sich ein neues Smartphone gewünscht, doch jeder hatte nur ein schönes Buch bekommen. Aber das war das Schlimmste nicht – viel schlimmer war die traurige und gedrückte Stimmung.

Ihre trübseligen Gedanken werden durch den Ruf der Mutter unterbrochen. „Peer, Anna, könnt ihr bitte diese Kiste mit den Sommersachen auf den Boden bringen?" Da sind die beiden sofort bereit, denn auf dem Boden sind sie noch nicht gewesen. Sie finden es spannend, über die etwas wacklige Leiter hinaufzuklettern. Sie staunen über die Größe. Vielleicht können sie ja eine Ecke für sich als Geheimplatz einrichten. Doch was ist das? Ganz in einer Ecke liegen noch Sachen herum.

Neugierig beginnen sie zu stöbern. Unter alten Kleidern entdecken sie eine schöne Blechkiste mit altertümlicher Bemalung, die sie sogleich öffnen. Ein Strampelanzug, kleine Babyschühchen, eine Babymütze, ein Zinnsoldat, ein abgegriffenes Foto mit einem Ehepaar und einem Baby auf dem Arm, und dann auf dem Boden der Kiste ein vergilbter Brief. Vorsichtig packen sie alles wieder ein und tragen die Kiste in die Küche, in der Mutter und Vater bei einer Tasse Tee sitzen. Aufgeregt zeigen sie den Eltern ihren Fund. „Uns wurde schon gesagt, dass in einer Ecke noch Dinge liegen, die den Vor-Vorbesitzern gehörten, von denen keine Adresse ausfindig gemacht werden konnte. Man hatte immer gehofft, dass sich jemand meldet." „Ob wir den Brief lesen dürfen?", fragt Peer, „vielleicht finden wir etwas heraus?" Daraufhin nimmt der Vater den Brief in seine gesunde linke Hand, überfliegt ihn und meint: „Ich glaube, dieser Brief könnte für uns noch ein Weihnachtsgeschenk sein und uns helfen, mit unserer Situation gelassener umzugehen. Wir zünden die Kerzen am Baum an, ihr trinkt eine Tasse Schokolade und ich werde versuchen, den Brief zu entziffern."

Mit seiner wohltönenden Stimme beginnt der Vater zu lesen:

Weihnachten 1943

Liebe Elisabeth!

Wieder steht das Weihnachtsfest vor der Tür, ein weiteres Jahr können wir nicht beisammen sein. Und auch dieser Brief wird dich nicht erreichen, denn es wird keine Post mehr ins Ausland befördert, doch vielleicht findet sich ein anderer Weg.

Ich vermisse dich so sehr und zweifle oft, ob es richtig war, dich zur Tante Sigrun nach Schweden reisen zu lassen. Es tröstet mich zu wissen, dass du dort in Sicherheit und liebevoller Obhut bist. Von Vater habe ich schon lange keine Nachricht erhalten und kann nur hoffen, dass er noch am Leben ist. Die Versorgung wird immer schwieriger, und hätten wir unsere beiden Hennen Erna und Else nicht, sähe es noch trauriger aus. Ich glaube, sie vermissen dich auch.

Um uns gegen die furchtbare Kälte zu schützen, haben Großmutter und ich viele Schichten übereinander gezogen und verkriechen uns oft unter unseren Federdecken, denn auch Holz ist kaum noch zu finden. Über der Stadt kreisen immer wieder Flugzeuge und die Stadtwerke wurden dem Erdboden gleichgemacht. Unser kleines Häuschen, weitab von der Stadt, ist zum Glück bisher verschont geblieben. Doch man hat uns angekündigt, dass wir bald rausmüssen, da hier Verwundete untergebracht werden sollen.

Wir dürfen dann einige Dinge auf dem Boden lagern. Ich hoffe, der schreckliche Krieg, der schon viel zu lange dauert, hat bald ein Ende! Wir sehen uns irgendwann wieder. Ich bin froh, dich in Sicherheit zu wissen. Ob du schon fließend schwedisch sprichst?

Ich nehme dich in den Arm, liebe Elisabeth, deine Mutter

Ganz still wird es in dem kleinen Raum. Die Kerzen am Weihnachtsbaum flackern und tauchen die Küche in ein behagliches Licht. Dann beginnen Vater und Mutter von diesen längst vergangenen Kriegszeiten zu erzählen. Peer und Anna kennen zwar die Bilder aus den Nachrichten von Kriegen in fernen Ländern, von Flucht und Vertreibung. Dies war in weiter Ferne und berührte nicht unmittelbar. Doch dieses Schicksal in ihrem Haus bringt das Elend ganz nah. Ihnen wird bewusst, wie ungerecht ihre Unzufriedenheit gewesen ist. Sie begreifen, wie gut sie es haben, auch wenn nicht mehr alle Wünsche in Erfüllung gehen, die Zimmer kleiner und die Freunde nur noch mit dem Bus zu erreichen sind. Sie spüren, dass das Glück in ganz anderen Dingen liegt.

Dieser Abend mit dem Brief aus so trauriger Vergangenheit hat sie in der veränderten Umgebung zusammengeschweißt, hat ihnen bewusst gemacht, welch ein behütetes Leben sie führen dürfen. Weihnachten ist auch in diesem kleinen Haus angekommen.

Weihnachten 2016

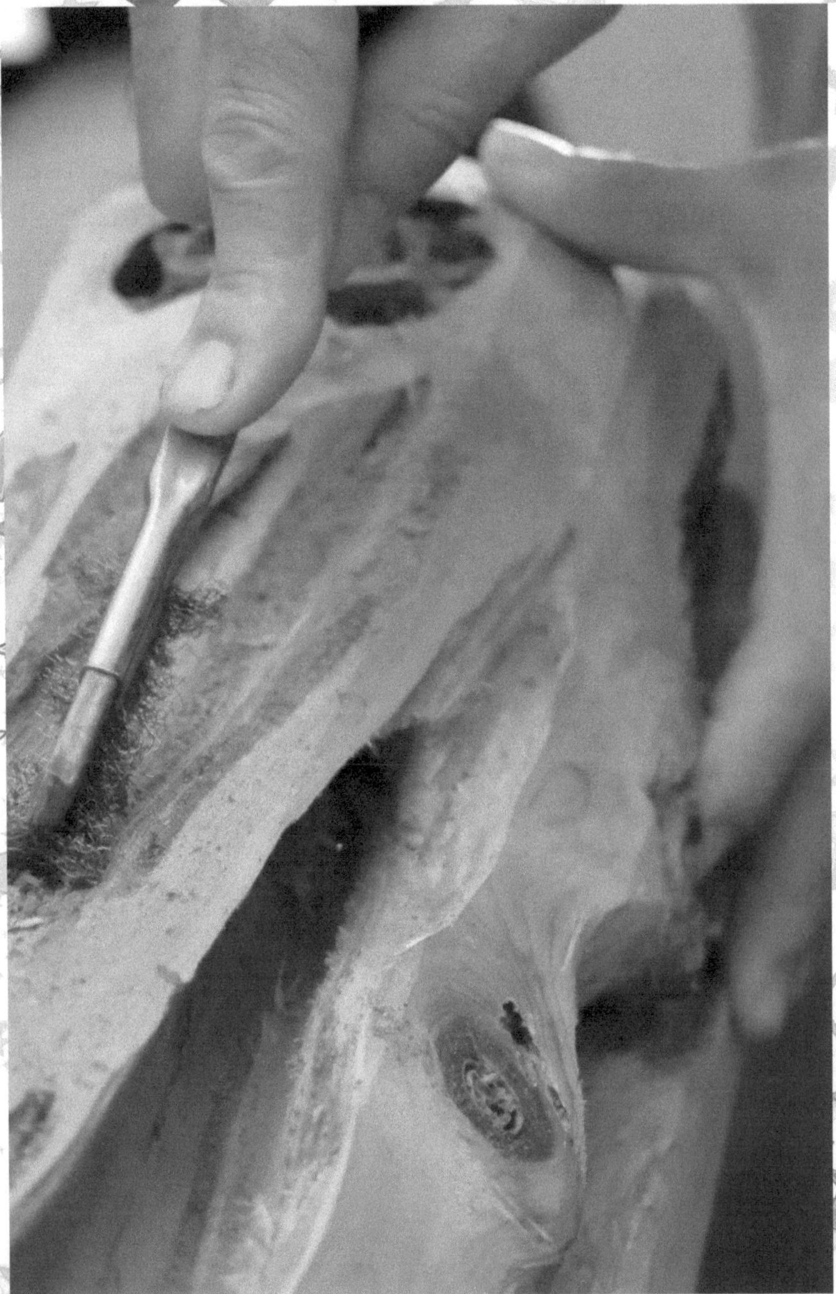

Weihnachten beim Puppenspieler

Es ist später Abend, einen Tag vor Heiligabend. Die weihnachtlich beleuchteten Straßen, vor wenigen Stunden noch voller hastender Menschen, bepackt mit Einkaufstaschen und Paketen, wirken nun wie ausgestorben. Es ist still geworden in der kleinen Stadt. Ein einsames Blatt treibt durch die verwaiste Straße.

In einer kleinen Seitengasse, fernab der Fußgängerzone, leuchtet ein warmer Lichtschein auf den Bürgersteig. Und wer einen Blick in das spärlich erleuchtete, kleine Schau-fenster wagt und in seinem Herzen noch ein wenig kindliches Empfinden verspürt, gerät bei dem Anblick der wunderschönen Handpuppen ins Träumen.

Träumend und schon ein wenig müde sitzt der alte Puppenspieler an seinem Arbeitsplatz, um-geben von seinem Werkzeug, und betrachtet den vor ihm liegenden, unfertigen Holzklotz. Noch weiß er nicht, was daraus entstehen soll. Immer wieder schweifen seine Gedanken durch den behaglichen, gemütlichen, warmen Raum. Im Bollerofen lodern die Flammen. Hin und wieder wird die friedvolle Stille durch ein Knacken der brennenden Holzscheite unte-rbrochen, der Teepott wärmt auf der Ofenplatte. An den Wänden hängen kunstvoll geschnitzte Figuren. Als der Alte über den zu Ende gehenden Tag nachdenkt, ist er erleichtert, nur für sich sorgen zu müssen, denn auch heute hat sich nur ein Kunde zu ihm verirrt. Die Kinder wünschen sich keine Handpuppen, sie jagen in der heutigen Zeit mehr und mehr der Technik hinterher, und auch den meisten Eltern ist die Zeit und Mühe für ein Puppenspiel zu anstrengend geworden. Wie gut, dass er immer wieder im Theater und auch in den Grund-schulen vorspielen kann, so hat er noch einen kleinen Nebenerwerb.

Versonnen schaut er auf seinen noch konturlosen Holzklotz, den er zum Leben erwecken möchte. Er liebt die Berührung des Holzes, mit seiner Wärme und Natürlichkeit. Morgen ist Weihnachten und er wird auch dieses Weihnachtsfest allein verbringen, zu-frieden mit sich und seinen Puppen. Dabei fällt ihm die weihnachtliche Bedeutung der vier Kerzen ein, die in der Adventszeit in fast allen

Wohnungen den Adventskranz schmücken: eine Kerze für den Frieden, die zweite Kerze für den Glauben, die dritte für die Liebe und schließlich die vierte für die Hoffnung.

Einen Adventskranz hat der Puppenspieler nicht, doch einen Ständer, auf die er vier Puppen setzen kann, hat er im Vorraum. Und schon entsteht, wie so oft, mit viel Phantasie eine Idee und eine Geschichte in seinem Kopf. Mühsam erhebt er sich von seinem Arbeitsplatz und schaut nach dem Gestell. Es ist mit Bronze bemalt und sieht richtig schön aus.

Welche Puppen eignen sich für seine Geschichte? Wer könnte die Rolle des Friedens übernehmen? Spontan fällt ihm der König ein. Der bekommt die erste Kerze in die Hand. Als der alte, ein wenig gebeugte Puppenspieler sie anzündet, hört er eine tiefe, leise, seufzende Stimme: „Ich heiße Frieden. Mein Licht leuchtet, aber die Menschen halten keinen Frieden." Das Licht wird immer kleiner und erlischt ganz.

Nun versucht er es mit der zweiten Kerze, der Kerze für den Glauben. Wer passte da besser als die ehrwürdige Handpuppe des Pastors! Kaum hat er sie entzündet, da beginnt auch diese Kerze leise und traurig zu sprechen: „Mein Name ist Glauben. Aber ich bin überflüssig. Die meisten Menschen wollen von Gott nichts wissen. Es hat keinen Sinn mehr, dass ich brenne." Ein Luftzug weht durch den Raum und auch diese Kerze erlischt.

Doch der Alte verliert seinen Mut nicht. Nun braucht er eine Handpuppe, die die Kerze für die Liebe halten soll. Sein Blick fällt auf das gar lieblich anzuschauende Dornröschen mit dem wunderschönen Rosenkranz in den offenen Haaren. Als er ihr die dritte Kerze der Liebe voll Optimismus in die Hand steckt, beginnt auch diese zu flackern und er hört eine zarte, traurige Stimme: „Ich heiße Liebe. Ich habe keine Kraft mehr zu brennen. Die Menschen achten die Liebe immer weniger. Ich werde zur Seite gestellt. Jeder beachtet sich nur noch selbst und nicht die anderen, die man auch lieben sollte." Auch ihre Flamme wird immer spärlicher, flackert noch unruhig, bis auch sie erlischt.

Nachdenklich und ein wenig traurig setzt sich der Puppenmacher an seinen Arbeitsplatz und beginnt mit den Gedanken an die Geschichte der

Kerzen mit hoffnungsvollen, flinken Bewegungen ein neues liebliches Gesicht zu schnitzen. Und schon kommt ihm die Idee für die vierte Kerze. Ein Engel der Hoffnung soll sie in den Händen halten. Unter seinen geschickten Händen entsteht ein liebliches Engelsgesicht, denn seine Gedanken der Zuversicht, Dankbarkeit und Hoffnung strömen beim Schnitzen mit hinein. Danach beginnt er in seinem Fundus aus Stoffresten und Kleidern zu suchen und findet ein wunderschönes goldfarbenes Gewand. So entsteht der Engel der Hoffnung. Er soll über allen ganz oben auf dem bronzefarbenen Ständer thronen.

Behutsam nimmt er, nachdem er die vierte Puppe mit dem Gewand in einen Engel verwandelt hat, wieder eine brennende Kerze. Diese schaut traurig zu den erloschenen Kerzen und beginnt mit glockenklarer Stimme zu sprechen: „Ihr Kerzen, habt den Mut zu brennen! Wie arm ist die Welt ohne Frieden, Glaube und Liebe! Ich bin die Kerze der Hoffnung, ich bin stark, und solange ich brenne, können wir mit meiner Flamme auch die anderen Kerzen wieder anzünden."
Und siehe, als der Puppenmacher mit der Kerze

der Hoffnung die anderen Kerzen wieder anzündet, brennen alle vier Kerzen ruhig und mit einem ganz besonderen Strahlen. Im goldenen Kleid des Engels spiegelt sich der Glanz des Friedens, des Glaubens, der Liebe und der Hoffnung.

Der ganze Raum mit seinen kunstvoll geschnitzten Puppen an den Wänden, mit dem Knacken des Feuers im Bollerofen, dem dankbar zufriedenen schauenden Puppenspieler scheint in einem verzauberten, ganz besonderen Glanz zu erstrahlen, dem Glanz des Friedens, des Glaubens, der Liebe und der Hoffnung. Nun kann es Weihnachten werden.

Mit dieser erdachten Geschichte wünsche ich allen kerzenhelle Weihnachten. Und für das neue Jahr den Mut zum Glauben, für uns alle Frieden im Großen und im Kleinen, ganz viel Liebe für viele Mitmenschen und auch für sich selbst und vor allem eine nie endende Hoffnung.

Weihnachten 2017

Der Bauernhof und das Kätzchen

„Der Verstand kann uns sagen,
was wir unterlassen sollen.
Aber das Herz sagt uns,
was wir tun müssen."

Joseph Joubert (1754-1824)

Nach einem sonnenreichen, wunderbaren Sommer nun die ersten trüben, stürmischen Tage, an denen der Schein der Kerzen für Gemütlichkeit sorgt und meine Gedanken einer Weihnachtsgeschichte entgegentreiben.
Mir sagte einmal jemand kritisch: „Ich möchte an Weihnachten etwas Fröhliches lesen." Wie gut kann ich dies nachvollziehen – und doch kommt mir zu Weihnachten eher Nachdenkliches in den Sinn.

Im Juli diesen Jahres las ich eine Zeitungsnotiz, die mir ein Lächeln aufs Gesicht zauberte und mich zum Nachdenken anregte. Und aus der ich eine Weihnachtsgeschichte entstehen lasse.

Der Wind pfeift um den Bauernhof am Rande der Stadt. In der gemütlich warmen Küche sitzt die vierköpfige Familie am großen Esstisch beim Abendbrot. Die quirlige vierjährige Mia plappert aufgeregt, während der sechsjährige ernsthafte Hannes ganz in sich versunken zu sein scheint. Den Eltern, die einen Biobauernhof allein bewirtschaften, merkt man die Müdigkeit an, ihre Tage sind durch viel Arbeit mehr als ausgefüllt. Neben dem Bauernhof bewirtschaften sie auch noch einen Hofladen, in dem sie das eigene Obst, Gemüse, Fleisch und Eier verkaufen. Dort gibt es in diesen Tagen zu Weihnachten besonders viel zu tun. Da muss auch Hannes helfen. Seine tägliche Aufgabe ist das Einsammeln der Eier im Hühnerstall.

Alle sind in Gedanken mit dem nahenden Weihnachtsabend beschäftigt. Besonders die lebhafte Mia stellt immer wieder aufgeregt Fragen: „Mama, hast du dem Weihnachtsmann gesagt, dass ich mir die CD vom kleinen Elefanten, der so gern einschlafen möchte, wünsche?" Hannes dagegen hört aufmerksam und entspannt zu. Mutter Louise und Vater Peter versuchen, Mia ein wenig zu beruhigen. Schließlich heißt es für die Kinder: „Ab in eure

Betten! Hannes muss morgen früh aufstehen, um die Eier bei den Hühnern einzusammeln. Und du, kleine Mia, gehörst eigentlich schon lange ins Bett, auch wenn der Kindergarten Ferien hat." Mit dem Versprechen, noch eine Geschichte vorzulesen, folgen sie der Mutter schließlich in Mias Zimmer, wo sie gemeinsam der Geschichte lauschen. Schließlich schläft Mia ein und Hannes steigt die Stiege hoch in sein Dachzimmer. Vater und Mutter sitzen noch ein wenig beisammen, bis auch sie die Müdigkeit überfällt und das letzte Licht im Haus erlischt.

Am nächsten Morgen wird Hannes vom Regen, der auf das Dachfenster prasselt, geweckt. Wie gern würde er noch ein wenig im kuscheligen Bett bleiben, doch er ist ja für das Einsammeln der Eier zuständig. So steht er lustlos auf und steigt die Stiege hinab. Im Bad lässt er schnell Wasser übers Gesicht laufen und geht dann hinaus in den Regen, zu den Hühnern.
Als er vor die Tür tritt, hört er ein klägliches Miauen. Neugierig geht er dem Geräusch nach. Unter dem großen Rhododendron kauert ängstlich ein winziges, abgemagertes Kätzchen. Sofort regt sich in dem sensiblen Hannes der Beschützerinstinkt. Vorsichtig nimmt er das

Kätzchen mit dem struppigen, nassen Fell auf den Arm und läuft schnell durch den Regen in den Stall. Auf dem Weg dorthin redet er liebevoll und beruhigend auf das hilflose kleine Katzenbaby ein. Erstaunt schauen die Eltern, die gerade beim Melken sind, zu Hannes, der doch eigentlich im Hühnerstall sein sollte, bis sie auch das Kätzchen entdecken. Ratlos blicken die drei sich an, auch Jule, der Hofhund, kommt angetrottet und schaut neugierig auf das Geschehen. „Da braucht aber jemand Hilfe", meint die Mutter, „kümmere du dich um das Kätzchen, Hannes, ich sammle heute die Eier ein."

Fürsorglich trägt Hannes seinen gefundenen Schatz ins Haus. Neugierig trottet Jule hinterher. Hannes holt ein Frotteehandtuch, wickelt es vorsichtig um das Kätzchen und legt es dann, mit einem fragenden Blick auf den aufmerksam beobachtenden Hund, in dessen ausgepolsterten Weidenkorb, vor dem gemütlich warmen Ofen. Er setzt sich auf den Boden, um nahe bei der zitternden kleinen Katze zu sein. Zart fährt er ihr mit der Hand über das Fell und spricht beruhigend auf sie ein. Jule, die Mischlingshündin, schaut neugierig und gelassen in das Körbchen. Dann fällt Hannes

64

ein, wie verhungert und entkräftet das kleine, immer noch jämmerlich miauende Tier sein muss. Als Kind vom Lande weiß er sich zu helfen. Aus dem Kühlschrank holt er den Krug mit der Milch, vermischt diese mit warmem Wasser aus dem Kessel, der immer auf dem Ofen steht, und geht auf die Suche nach einem Fläschchen, das sie für die Kälber brauchen.

Als er zurückkommt, bleibt ihm fast das Herz stehen. Im Korb liegt statt der Katze Jule, der Hofhund. War wohl keine gute Idee, ihm den Platz streitig zu machen! Kein Miauen ist zu hören. Angst und ein schlechtes Gewissen regen sich in Hannes und er schaut sich beunruhigt in der Küche um. Er hätte besser aufpassen müssen! Wo ist das Kätzchen nur geblieben!? Endlich entdeckt er es und glaubt seinen Augen nicht zu trauen. Sein Herz wird ganz weit vor Erleichterung und Freude. Das Kätzchen kuschelt sich an den warmen Bauch von Jule und die treuen Augen des Hundes schauen Hannes an, als würde er fragen: „Ist meine Idee nicht gut!?"

Weihnachten 2018

Weihnachten im Hause des Uhrmachermeisters

Eine ruhige Gelassenheit hat sich, wie der graue Nebel dieses Tages, über das kleine Dorf gelegt. Bauernhöfe, alte Wohnhäuser, ein Kindergarten, eine geschlossene Dorfkneipe und die Kirche bilden das Zentrum. Am Rande des Ortes steht eine Neubausiedlung, in der sich junge Leute angesiedelt haben, die in der nahegelegenen Stadt arbeiten. Nur noch zwei Tage bis Weihnachten! Auch an diesem Nachmittag geht nach und nach in den geschmückten Häusern und Gärten die Weihnachtsbeleuchtung an und durchdringt das triste Einheitsgrau.

Wir verweilen vor einem alten Backsteinhaus. In dem kleinen Schaufenster steht, auf einer dunkelroten Samtunterlage, dekoriert mit Tannenzweigen und großen Silberkugeln, eine schön geschnitzte Wanduhr. Keine moderne Lichterkette, sondern eine dicke brennende Kerze in einem Glasgefäß verströmt ein wohliges Licht. Hier wohnt der inzwischen hochbetagte, geachtete Uhrmachermeister Hansen, allein mit seinem Hund Chronos. Längst schon ist er nicht mehr beruflich tätig, doch seine handwerklichen Fähigkeiten sind weit über das Dorf hinaus bekannt. Er ist einer der wenigen, der sich noch mit alten Uhrwerken auskennt. So wird immer noch einmal die Bitte an ihn herangetragen, sich einer alten Uhr anzunehmen.

Auch heute sitzt er in seinem kleinen Werkstattraum, umgeben vom Ticken seiner über Jahre gesammelten Uhren, mit seinen feinen Instrumenten, die Lupe an der Stirn, an seinem gut beleuchteten Arbeitstisch. Dösend leistet Chronos ihm in seinem Körbchen Gesellschaft. Eine kostbare, sehr alte Taschenuhr liegt vor Meister Hansen. So viele Jahre hat er sich mit Uhren befasst, hat die Eile oder auch die Ruhe der vergehenden Zeit gespürt und sich viele Gedanken zu diesem Thema gemacht. Vielleicht ist er dadurch zu einem ganz besonderen Menschen geworden. Gelassen, ohne in Eile zu geraten, steht er der Hetze der heutigen so unruhigen Zeit gegenüber. Einer Zeit, die so schnelllebig, flüchtig und zum Teil oberflächlich geworden ist, wie er findet. Er ist allein, seine Frau ist schon vor einigen Jahren gestorben.

Erwartungsvoll denkt er an seinen Sohn und seinen Enkel, die in Oslo leben und die, wie in jedem Jahr, Weihnachten mit ihm feiern werden.

Er weiß, alles ist gut vorbereitet von Ella, einer jungen Frau aus der nahen Neubausiedlung, die ihm täglich im Haushalt hilft und für ihn kocht. Sie hat zwei kleine Kinder, die vormittags in den Kindergarten gehen. Bis alle aus dem Haus sind, herrscht Trubel, Hektik und manchmal das totale Chaos. Umso mehr genießt Ella die besondere Ruhe im Hause des Uhrmacher- meisters. Sie liebt es, ruhige, entspannte Ge- spräche mit Herrn Hansen zu führen und so manchen weisen Ratschlag mit nach Hause zu nehmen. Er hat in seinem nun schon langen Leben erkannt, wie wichtig es ist, die Zeit als etwas Kostbares zu sehen, mit ihr behutsam umzugehen, und weiß, wie wichtig es ist zuzuhören. Er ist zwar allein, doch einsam fühlt er sich nie. Immer wieder kommen Leute vorbei, um in seiner Werkstatt, beim Ticken der Uhren und der alles überstrahlenden Ruhe des alten Mannes Gespräche zu führen. Da wird über die Vergänglichkeit, den schnellen Wandel der heutigen Zeit, die Verrohung der Sprache, die Werte im Leben wie Liebe und Freundschaft, aber auch über schmerzhafte Enttäuschungen, über das Leben, den Tod und vieles mehr gesprochen.

Als er seinen Blick hebt und auf eine der tickenden Uhren schaut, beginnt sein Herz schneller zu schlagen. Er schaltet die Lampe aus und geht in seine gemütliche Küche. Chronos, sein treuer, in die Jahre gekommener Hund, erhebt sich aus seinem Körbchen und trottet gemächlich hinter ihm her. Der Tisch ist liebevoll für drei Personen gedeckt und in der Mitte steht eine große Schale mit selbst-gebackenen Plätzchen von der treuen Ella. Im Ofen knackt das Feuer und es ist gemütlich warm. Dankbar schaut Herr Hansen sich um, alles ist für den Besuch seines Sohnes und seines Enkels vorbereitet, nur die vier dicken roten Kerzen auf dem schönen Adventsgesteck müssen noch angezündet werden. Seine Wangen röten sich vor Freude, denn bald werden die zwei, die vor einiger Zeit mit der Fähre in Kiel angekommen sind, bei ihm eintreffen.
Wehmütig denkt er an seine vor drei Jahren plötzlich verstorbene, von allen geliebte, immer fröhliche Schwiegertochter. Wieder wird es ein

Weihnachten nur mit den drei Männern werden. Sein 17-jähriger Enkel Jan, der kurz vor dem Abitur steht, hat unendlich gelitten und lange gebraucht, um sich mit dem Verlust seiner Mutter abzufinden. Ein stetiger Briefwechsel und viele Telefongespräche mit dem weisen und ruhigen Großvater waren für Jan eine große Hilfe und haben eine besondere Nähe zwischen den beiden geschaffen.

Endlich ist es soweit. Die Lichter der Scheinwerfer des Autos erhellen die Küche und Herr Hansen, immer noch flink auf den Beinen, eilt zur Tür, um seinen Sohn und seinen Enkel in die Arme zu schließen, wobei ihm das Herz vor lauter Wiedersehensfreude und Liebe schier überschwappt. Auch Chronos springt aufgeregt und schwanzwedelnd an den beiden hoch. Schon bald sitzen sie gemütlich am Tisch und lassen sich die köstlichen Plätzchen und den warmen Tee schmecken. Sie haben sich so viel zu erzählen, über so vieles zu diskutieren. Jan berichtet, dass in diesem Jahr in Oslo noch kein Schnee gefallen ist, und schon weiß jeder etwas zu dem alle bewegenden Thema Klimaveränderung beizutragen. Später bittet Jan seinen Großvater, mit ihm in die Werkstatt zu gehen, die er schon immer spannend fand. Das Ticken der Uhren erscheint Jan wie eine Erzählung aus früheren Zeiten. Der ganze Raum strahlt etwas Besonderes aus. Auch Jan interessiert sich leidenschaftlich für Technik und Mechanik und staunt immer wieder aufs Neue über die vielen filigranen Werkzeuge. Fasziniert schaut er auf das verworrene, feinteilige Innenleben der Taschenuhr, an der sein Opa gerade arbeitet.

Für das Abendessen hat Ella eine leckere Kartoffelsuppe vorbereitet. Nach langen Gesprächen und einem Glas Wein geht es für die drei, umhüllt von gegenseitiger Liebe, müde in die Betten. Alle freuen sich auf die gemeinsame Woche, freuen sich, in aller Ruhe Weihnachten miteinander zu feiern, freuen sich auf temperamentvolle Gespräche und nette Begegnungen, freuen sich auf die gemeinsame Zeit.

„Wenn du das Leben liebst,
dann vergeude keine Zeit,
denn daraus besteht das Leben."

Benjamin Franklin

Weihnachten 2019

72

Die Weihnachtsüberraschung

Welch trüber, grauer Wintertag. Doch die Gesichter der vierköpfigen Familie, die erwartungsvoll in der schön geschnitzten, breiten Haustür des reetgedeckten Bauernhauses stand, leuchteten erwartungsvoll. Gerade rollte der große Möbelwagen auf den Vorplatz und die Kieselsteine der Auffahrt knirschten beim Bremsen.

Schon über einen längeren Zeitraum hatte die Familie nach einer neuen Bleibe gesucht. Die drei Stockwerke in der bisherigen Stadtwohnung, ohne Fahrstuhl, wurden für die Mutter, die durch ihre fortschreitende, unheilbare Krankheit zunehmend in ihrer Beweglichkeit eingeschränkt wurde, zu einem immer größeren Problem. Da bot sich das Abnahmehaus, mit dem so schönen Vorgarten, mit mächtigen Hortensienstauden und einer großen Tanne, wie ein kleines Wunder für die Familie an. Alles ging nun ganz schnell. Auch die Renovierungsarbeiten sollten noch vor Weihnachten beendet sein. Schon bei der ersten Besichtigung waren alle begeistert und konnten sich das Leben in dem kleinen, so gepflegten Dorf gut vorstellen. Auch die Sorge der Kinder, ihre Freunde zu verlieren, war nicht groß, denn mit dem Rad konnte man die nur acht Kilometer entfernte Stadt gut erreichen, und auch die Busverbindungen stellten sich als erstaunlich gut heraus.

Die Weihnachtsferien waren wegen der grassierenden Corona-Pandemie vorverlegt, so dass auch die Kinder beim Umzug dabei sein konnten. Die 14-jährige Susanne und der achtjährige Paul, die seit der Besichtigung nicht mehr im Haus gewesen waren, kamen aus dem Staunen nicht heraus. Viel hatte sich in der Zwischenzeit verändert. Ein schönes neues Bad, alle Schwellen im Haus beseitigt und dann die Freude über ihre kleinen, so fröhlich farbigen Zimmer. Natürlich hatten sie Mitspracherecht bei der Tapete und der Farbe der Wände gehabt, doch fertig hatten sie die Zimmer noch nicht gesehen. Die Aufregung wuchs, als die ersten Möbel aufgestellt wurden und die Umzugs-kartons mit der Beschriftung Paul und Susanne sich in den jeweiligen Zimmern stapelten.
Nachdem die fleißigen Männer der Umzugs-mannschaft die Möbel verteilt und montiert

hatten, sah man schnell, wie gemütlich es werden würde. Es wurde noch lange ausgepackt und sortiert. Der kleine Paul schlurfte immer müder durch die Räume und auch die Mutter wurde immer kraftloser. So beschlossen sie gemeinsam: „Für heute ist Schluss", zumal sie wussten, dass morgen die Großeltern zum Helfen kommen würden. Alle schliefen nach diesem aufregenden Tag tief und fest in den neuen Zimmern.

Am nächsten Morgen kamen Paul und Susanne noch halb verschlafen in die Küche und staunten über den schön gedeckten Frühstückstisch, in dessen Mitte die dicke rote Kerze im Adventsgesteck aus ihrer alten Wohnung einen warmen Schein verströmte. Sogar frische Brötchen gab es. Als dann Oma und Opa in der Tür erschienen, war der Trubel groß und eine freudige, liebevolle Begrüßung folgte.
Paul hatte vor Aufregung einen roten Kopf und fragte voller Ungeduld:
„Geht der erste Traum im neuen Haus eigentlich in Erfüllung?" Und dann begann er von seinem nächtlichen Abenteuer mit einem Besuch auf dem Dachboden zu berichten.

„Gibt es hier einen Dachboden?", fragten die Kinder wie aus einem Mund.

„Doch", meinte der Vater, „aber den habe ich mir nur flüchtig angeschaut. Da steht noch einiges von den Vorgängern herum. Wir hatten uns geeinigt, dass wir es entsorgen werden."

„Dürfen wir da mal schauen?"

„Ja, aber erst einmal wird in aller Ruhe gefrühstückt, dann werden in euren Zimmern die Sachen weiter eingeräumt, und vor dem Mittagessen könnt ihr eine Weile auf Entdeckungstour gehen", meinte die Mutter mit einem Lächeln im Gesicht. Die Kinder packten nun mit besonderem Eifer aus, erklommen danach die Stiege zum Dachboden und waren gespannt, was sie dort oben erwarten würde. Allerlei Gerümpel, Spinnweben, Spielzeug, doch besonders zwei große geheimnisvolle Kisten weckten ihre Neugier. In einer der Kisten waren wunderschön bemalte Weihnachtskugeln, wie die Kinder sie noch nie gesehen hatten, und buntbemalte Weihnachtsanhänger aus Metall. Kleine Pferde, Engel, Weihnachtsmänner, Herzen und noch allerlei mehr. Aus der nächsten Kiste stieg ihnen zunächst ein muffiger Geruch in die Nasen und sie entdeckten bunte Kleider zum Verkleiden.

„Die kann man ja lüften", meinte Susanne ganz begeistert. Dann rief die Mutter zum Essen und das Abenteuer Dachboden wurde verschoben. Wieder saßen alle glücklich vereint und aßen das leckere Hackfleisch in Tomatensauce mit Nudeln, das die Oma gekocht und mitgebracht hatte. Das aufgeregte Geschnatter der beiden Kinder, die von ihren bisherigen Funden auf dem Dachboden berichteten, war nicht zu bremsen. Und Susanne meinte:

„Ich würde es so toll finden, wenn wir unseren Tannenbaum in diesem Jahr mit dem besonderen Weihnachtsschmuck behängen."
Am Nachmittag durchforsteten die Kinder das Gelände ums Haus herum. Spannend, was sie hier alles entdeckten. In dem kleinen Garten hinter dem Haus hing am dicken Ast eines Apfelbaumes eine intakte Schaukel. Immer mehr Fotos sammelten sich auf Susannes Smartphone, die sie ganz begeistert ihren Freundinnen schickte. Alle hatten viel geschafft und es wurde immer wohnlicher. Die Mutter hatte ihren Rollstuhl zur Unterstützung und war dankbar für das schwellenlose, barrierefreie Gleiten zwischen den Räumen.

Wie schnell die Tage vergingen! Schon stand der Heiligabend vor der Tür. Auch die Großeltern aus der nahen Stadt waren, wie in den Jahren zuvor, zur Freude aller dabei.

Gegend Abend gingen sie gemeinsam durch die weihnachtlich beleuchtete Dorfstraße bis zur kleinen weißen Kirche, aus deren Fenstern ein warmes, einladendes Licht leuchtete. Als sie zum Haus zurückkamen, strahlte die vor dem Haus stehende Tanne ihnen mit dem hellen, fröhlichen Glitzern vieler Glühbirnen entgegen. Der Vater hatte, zur Freude aller, heimlich die Kerzen montiert und mit einer Zeitschaltuhr versehen.

Nach dem leckeren Essen am festlich gedeckten Küchentisch ging es zur Bescherung ins Wohnzimmer. Dort stand der Weihnachtsbaum, geschmückt mit all den schönen Dingen aus der geheimnisvollen Kiste. Die Kinder wussten, die Renovierung und der Umzug hatten viel Geld gekostet, und so gab es für jeden nur ein Buch. Sie freuten sich einfach über das Zusammensein und sangen fröhlich und vielstimmig Weihnachtslieder.

Dass Vater leise das Zimmer verlassen hatte, bemerkte keiner. Erst als er mit einem kleinen Bündel auf dem Arm zurückkam, schauten sie ungläubig und in stummer Erwartung zu ihm. Als dann ein zaghaftes „Wuff" ertönte, ging ein Jubeln durchs Zimmer. Ein Hund! Den hatten sich alle so sehr im neuen Zuhause gewünscht! Die Freude kannte keine Grenzen, besonders die Kinder waren glücklich. Alle wollten das kleine verschreckte Tier streicheln.

„Was für eine tolle Weihnachtsüberraschung", meinte strahlend die Mutter, „dann bin ich nicht so allein, wenn ihr tagsüber alle in der Stadt seid."

Welch besonderes Weihnachtsfest!

Weihnachten 2020

Weihnachten und der kleine Felix

Welch ein strahlend frostiger Weihnachtstag! Raureif verzaubert die Landschaft und hat sich wie Puderzucker auf die Blätter und Gräser am Wegesrand gelegt. In dem kleinen Haus am Stadtrand spürt man die Spannung dieses besonderen Tages. In der Diele machen sich der fünfjährige Felix und sein Opa bereit für einen Spaziergang. Liebevoll stülpt die Oma dem kleinen Felix mit seinem blond gelockten Haar die Mütze über die Ohren, öffnet die Tür und die beiden ziehen einträchtig miteinander los. Die Oma winkt zum Abschied.

Wie schon so häufig führt der gemeinsame Weg sie zur nahegelegenen Kirche. Heute am Heiligabend gibt es zwei Gottesdienste und der Opa wird die Orgel spielen. Seit einigen Monaten hat er die Vertretung für den erkrankten Organisten übernommen.

Felix lebte bis vor zwei Jahren mit seinen Eltern ganz in der Nähe der Großeltern, bei denen er schon immer viel Zeit verbrachte, während die

Eltern arbeiteten. Die Mutter als Kranken-schwester und der Vater hatte eine Anstellung beim hiesigen Sinfonieorchester. Er spielte dort die erste Geige, war der Konzertmeister. Auch im Haus der Großeltern wurde viel musiziert. Sobald Opa sich ans Klavier setzte, fehlte auch Felix nicht und lauschte ausdauernd und mit verträumtem Blick den Tönen. Die drei sangen viel miteinander und die Oma spielte dazu hin und wieder auf der Ukulele.

Vor zwei Jahren, Felix war gerade drei, erkrankte seine Mutter plötzlich sehr schwer, und es gab keine Hilfe mehr für sie. Felix Vater fiel in ein tiefes Loch und fühlte sich überfordert. Er konnte eine lange Zeit nicht mehr arbeiten und wechselte schließlich in die 30 Kilometer entfernte Stadt. Der Kontakt zwischen dem in der Seele erkrankten Hannes zu seinen Eltern und dem kleinen Felix beschränkte sich auf kurze Telefonate. So kam Felix mit gerade einmal drei Jahren zu seinen geliebten Groß-eltern, ohne die plötzliche Veränderung richtig zu verstehen. Zuerst fragte er nach seinen Eltern, doch dann wurden Oma und Opa für ihn immer wichtiger und er fühlte sich in ihrer Liebe geborgen.

Nun steht also wieder Weihnachten vor der Tür, besonders für Kinder eine aufregende Zeit. Felix übt mit der Großmutter, ein wenig widerwillig, ein Weihnachtsgedicht. Schon seit gestern darf Felix nicht mehr ins Wohnzimmer, hat aber mitbekommen, dass Opa sich mit dem Baum abgemüht hatte. Felix ist gespannt.

Doch erst einmal führt der Weg in die Kirche, und sie sind froh, als sie diese mit roten Nasen und kalten Händen erreicht haben. Wohlige Wärme kommt ihnen aus dem Inneren der noch leeren Kirche entgegen. Der Küster entzündet die Kerzen an der schönen Tanne im Altarraum. Wenn Felix, wie jetzt an Großvaters Hand, durch den noch leeren Kirchenraum geht, übermannt ihn immer ein besonderes Gefühl. Nach einer kurzen Begrüßung mit Küster Paul steigen Felix und sein Großvater die Treppe hinauf, die zur Orgel führt. Der Duft der vielen brennenden Kerzen verbreitet sich bis in die Empore.

Felix beobachtet seinen Opa, der mit großer Gelassenheit und Ruhe seine Vorbereitungen trifft. Immer aufs Neue staunt Felix, wie sein Großvater zielsicher weiß, welche der vielen Knöpfe gezogen werden müssen, mit welcher

Leichtigkeit er seine Füße über die verschiedenen Pedale bewegt, wie seine Finger über die Vielzahl der Tasten gleiten. Es sind so viel mehr als an Opas Klavier, auf dem auch Felix zu üben begonnen hat. Nun beginnt der Großvater mit leichten Fingerübungen. Leise perlen die Töne durch das Kirchenschiff, in dem inzwischen die Reihen der Bänke immer voller werden. Es ist spannend für Felix, die Menschen von oben zu beobachten. Er erinnert sich, dass auch im vergangenen Jahr an Weihnachten die Kirchenbänke bis zum letzten Platz gefüllt waren. Und dann beginnt der Gottesdienst und die Orgel ertönt in ungeheuer kraftvoller Fülle. Felix setzt sich auf den Stuhl neben Opa und wird innerlich und äußerlich ganz still und andächtig. Er liebt den mächtigen Klang der Orgel, der ein wenig durch Kopfhörer, die er bekommen hat, abgemildert wird. Er verliert sich in Träumereien und die Zeit vergeht ganz schnell.

Nach einer Pause strömen die Besucher zum zweiten Gottesdienst in die Kirche, die sich auch dieses Mal wieder schnell füllt. Großvater nutzt die Zeit, um seine Noten zu ordnen. Ein Knacken der Holzstufen, die zur Empore führen, lässt die beiden aufhorchen. Dann schaut jemand vorsichtig um die Ecke und fragt: „Darf ich zu euch kommen?" Opa springt auf und schließt den Mann, über dessen Schulter eine Geige hängt, vorsichtig in die Arme. Felix überlegt und denkt sich: „Irgendwie kommt mir der Mann bekannt vor." Und als dieser sich auf die Knie begibt, um leise mit Felix zu sprechen, kommt die Erinnerung. Zärtlich schließt der Vater ihn in die Arme. Schon bald spürt Felix eine alte Vertrautheit.

Erneut sind alle Bänke bis zum letzten Platz gefüllt. Vater und Sohn Hannes haben eine spontane Idee. Felix beobachtet staunend, wie sein Vater vor dem letzten Lied seine Geige auspackt, sich an die Brüstung stellt und nach einem Kopfnicken von Opa, zusammen mit der Orgel, die nun viel zarter klingt als vorher, drei Strophen des Ausgangsliedes „Oh du fröhliche ..." mit der Geige begleitet. Felix Herz beginnt zu jubeln und er singt aus vollem Halse mit. Dem Großvater laufen die Tränen über die Wangen. Die weihnachtlich gestimmte Gemeinschaft staunt über das wunderbare Geigenspiel, das jauchzend in den Himmel zu entschwinden scheint.

Als Vater, Sohn und Enkel zusammen mit dem Küster die leere Kirche verlassen, scheint ein kleines Weihnachtswunder zu geschehen.

Welche Glückseligkeit, als Großeltern, Sohn und Enkel am Abend singend zu viert auf die brennenden Kerzen des so liebevoll geschmückten Weihnachtsbaumes schauen, mit der Gewissheit, dass Hannes in wenigen Monaten zu ihnen zurückkehren wird.

Weihnachten 2021

89

Miteinander wird es hell

Ein rauer Wind weht um die Ecken und treibt die letzten braunen Blätter vor sich her. Reste eines sonnenreichen, viel zu trockenen Sommers. Doch nun, im Monat Dezember mit seinen kühlen Temperaturen, gerät der warme Sommer fast in Vergessenheit. Probleme ganz anderer Art beunruhigen die Menschen. Der seit dem Frühjahr anhaltende Krieg Russlands gegen die Ukraine und die damit verbundenen Sanktionen des Westens. So ein erschütterndes Ereignis, nach einem so lang anhaltenden Frieden, unbegreiflich. Die Preise steigen, Russland hat die Gaslieferungen in den Westen eingestellt. Immer wieder wird zur Sparsamkeit beim Heizen, bei der Elektrizität, bei vielen anderen Dingen aufgerufen. Es herrscht große Unsicherheit in vielen Bereichen.

Dies bekommt auch die Tischlerei in dem kleinen Dorf nahe der Stadt Flensburg zu spüren. Die Eheleute Paul und Elisabeth Gregersen, deren schönes Wohnhaus gleich neben der Tischlerei steht, nehmen ihre Sorgen so manchen Abend mit in ihr schönes Zuhause.

Dies spüren auch die langjährigen sechs Angestellten, mit Nazran als Führungskraft in der Werkstatt und Hilde, die neben Elisabeth im Büro arbeitet. Nazran kam vor sechs Jahren aus der Ukraine und begann eine Lehre in der Tischlerei. Er lernte schnell deutsch und machte schließlich seine Meisterprüfung. Paul Gregersen und Nazran verbindet durch die nicht immer leichte Eingewöhnungszeit ein besonderes Vertrauensverhältnis. An Aufträgen mangelt es der Tischlerei nicht, doch viele Materialien sind schwer zu bekommen und die Betriebskosten steigen ständig.

Von alledem bekommt die 14-jährige Inga wenig mit. Mit ihrer gleichaltrigen Freundin Katrin, die ganz in der Nähe wohnt, ist sie in ihrer Freizeit viel zusammen. Beide besuchen den Gymnasialzweig der Gesamtschule in Flensburg. Seit ihrer Grundschulzeit sind die zwei unzertrennlich. Beide spielen seit dem zweiten Schuljahr Flöte. Bei Inga, deren Mutter vorzüglich Klavier spielt, stellte sich bald eine Begabung heraus und sie liebäugelt immer mehr mit einem Saxophon. An ihrem zehnten Geburtstag erfüllt sich ihr Wunsch. Neben ihrer sportlichen Begeisterung in der Trampolingruppe geht sie regelmäßig und mit viel Freude zum Saxophonunterricht und beherrscht das Instrument perfekt. Häufig klingen flotte Rhythmen zusammen mit Mutter Elisabeth am Klavier und Inga am Saxophon durch das Haus. Katrin, die inzwischen Querflöte gelernt hat, und Inga mit ihrem Saxophon spielen beide im Schulorchester und üben für eine Weihnachtsfeier in der Aula.

Seit einigen Wochen hat die Schule in verschiedenen Jahrgangsstufen Schüler aus der Ukraine aufgenommen und ihnen für eine leichtere Eingewöhnung Schülerpaten zur Seite gestellt. Auch Inga und Katrin haben sich begeistert gemeldet. Von Nazran wussten sie, dass seine in der Ukraine lebende Schwester ihre 14-jährige Tochter Alina und deren zwölf Jahre alte Schwester Daria nach Deutschland bringen würde. Sie schafft es, die beiden Mädchen bis zur polnischen Grenze zu fahren. Hier nimmt Nazran sie in Empfang, um sie in seiner Wohnung unterzubringen. Die Familie Gregersen und auch Inga und ihre Freundin Katrin helfen, das Zimmer für die Mädchen gemütlich herzurichten. Für Inga und Katrin steht fest, sich für die zwei Mädchen als Paten zu melden. Sie haben schon Pläne geschmiedet, wie sie den Aufenthalt für Alina und Daria gestalten können.

Schon am zweiten Tag in Deutschland verabreden sie sich, um gemeinsam mit dem Fahrrad in die Schule zu fahren. Alina und Daria verhalten sich zunächst noch sehr zurückhaltend und auch die Verständigung in Englisch stockt immer wieder. In den ersten Dezembertagen ist ein Begrüßungstag in der Aula geplant. Dort werden den geflüchteten Schülern aus der Ukraine die Paten zugeteilt und gleichzeitig schlägt die Schule Freizeitangebote vor. Alina und Daria finden das Trampolinangebot, von dem Inga schon berichtet hat, spannend. Sie würden auch gern mit Inga und Katrin im Schulorchester mitmachen, doch sie spielen beide kein Instrument. Inga spricht den Orchesterleiter an, der sich etwas überlegen will.

Welch ein ereignisreicher Tag! So viele neue Eindrücke für die Schwestern. Schweigend fahren die vier schließlich zurück, um sich vor Nazrans Wohnung zu trennen. Nazran, der sich eine Woche Urlaub genommen hat, empfängt die zwei liebevoll.

Schon am folgenden Nachmittag ist die erste

Probe des Orchesters für das Weihnachtskonzert und die vier Mädchen sind gespannt, wie es wohl weitergeht. Der Orchesterleiter bietet Alina eine Djembe an und prüft auch gleich ihre Rhythmusfähigkeit, indem er ihr auf dem Klavier etwas vorspielt und Alina ermuntert, den Takt nach ihrem Empfinden zu trommeln. Ängstlich und vorsichtig schlägt sie den Takt auf die Bespannung der Trommel, um bald selbstbewusster zu werden. Herr Holz ist zufrieden und überlegt nun, welches Instrument für Daria in Frage kommt. Zunächst versuchen sie es mit dem Xylophon, doch das stellt sich als zu kompliziert heraus. Dann bekommt auch Daria eine Trommel aus Holz, auf die sie sich setzen kann, um wie ihre Schwester zum Rhythmus beizutragen. Alle Mitspieler haben eifrig und fröhlich an der Auswahl mitgewirkt und Vorschläge gemacht, und so fühlen sich die beiden schnell integriert und mitgenommen. Diese Übungsstunden, zweimal wöchentlich, sind für die beiden Mädchen eine Zeit der Leichtigkeit und Fröhlichkeit, es wird viel gescherzt, die Hemmungen werden vergessen und die ersten deutschen Worte fallen wie von selbst. Inga und Katrin kümmern sich liebevoll um die beiden Mädchen. Sie haben Ideen für gemeinsame Unternehmungen, helfen bei den Schularbeiten und tragen so dazu bei, dass die zwei wieder unbeschwerter leben.

Einige Tage vor den Weihnachtsferien plant die Musikgruppe eine Weihnachtsfeier. Der Raum, in dem sie üben, wird weihnachtlich und mit vielen Teelichtern geschmückt. Eine große Schale mit selbstgebackenen Keksen steht bereit und jeder bringt ein kleines, schön verpacktes Geschenk mit. Alles kommt in einen Jutesack. Gemeinsam singen sie Weihnachtslieder, die Herr Holz auf dem Klavier begleitet. Auch Alina und Daria singen besonders die ihnen bekannten Lieder begeistert mit. Und dann erzählen die beiden, wie bei ihnen das Weihnachtsfest gefeiert wird. Nicht der 24. Dezember ist der Haupttag, sondern bei den meisten Ukrainern der 6. Januar. An dem Tag treffen sich alle Verwandten, es wird ein süßer Brei aus Weizenkörnern, Nüssen und Honig gekocht und in die Mitte des Tisches gestellt, aus dem sich alle bedienen. Die Geschenke bringt Väterchen Frost. Nur bei einer Minderheit, den orthodoxen Protestanten, ist ebenfalls der 24. Dezember der Weihnachtstag.

Am Heiligabend sind die drei natürlich bei den Gregersens eingeladen. Im warmen Schein der vielen Kerzen tischt Mutter Elisabeth ein leckeres Essen auf. Danach sitzen sie noch lange beieinander. Tauschen Geschenke aus, singen mit der Klavierbegleitung von Elisabeth, auch Inga spielt auf ihrem Saxophon, und es wird viel erzählt. In dieser liebevollen, behaglichen Atmosphäre rücken das Heimweh und die Stunden voller Angst für die Mädchen eine Zeit lang in Vergessenheit. Als dann Nazran, Alina und Daria ihr Weihnachtslied anstimmen „Eine neue Freude ist gekommen, die es noch nie vorher gab", fließen ein paar Tränen. Nach schönen und wohltuenden gemeinsamen Stunden bei der Familie verabschieden sich die drei. Vor der Haustür deutet Alina auf den sternenklaren Himmel: „Wir haben versprochen, jeden Abend den Abendstern am Himmel zu begrüßen, und Mumija macht es auch. So sind wir immer miteinander verbunden." „Auch wenn wir den Stern nicht sehen können, weil Wolken ihn verdecken, so leuchtet er doch dahinter für uns", sagt die kleine Daria. Nazran nimmt die beiden in die Arme und so gehen sie in Geborgenheit heim.

Die Familie Gregersen winkt noch lange hinter den dreien her. Welch ein anderes Weihnachten!

Weihnachten 2022

Die müden Hände – eine letzte Weihnachtsgeschichte

Sanft und federleicht schweben die Schnee-flocken an diesem Heiligabend vom schwarzen Abendhimmel. Es ist windstill. Langsam gleitet das Auto auf der verschneiten Straße entlang und hinterlässt dunkle Spuren. Erwartungsvoll geht es für die zusammengewürfelte Familie aus der Stadt in das nahegelegene Dorf, in dem eine Familienweihnacht geplant ist. Am Anfang des Dorfes hört man das melodische Geläut der Kirchenglocken. Eine andächtige Stille verbreitet sich im Auto.

Die Dorfbewohner strömen aus der Kirche und man sieht die erstaunten Gesichter, die mit dem Schnee wohl nicht gerechnet haben und nun ihre Autos von der pudrigen Schicht befreien müssen. Kindern und Fußgängern sieht man die Freude dieser Weihnachtsüberraschung an. An Weihnachten Schnee, das kommt nicht mehr so häufig vor. Die leichten Schneeflocken bringen die vielfältige Weihnachtsbeleuchtung auf den Lichterketten, auf Tannen und Büschen zum Glitzern und Funkeln.

Nun haben auch die Verwandten aus der Stadt ihr Ziel erreicht und bewundern das Leuchten der vielen Birnen auf der verschneiten Tanne vor dem weißen Haus. Eine fröhliche Begrüßung und vertrauensvolle Umarmung vor der Tür. Gerade treffen die letzten Familienmitglieder ein, die den Gottesdienst besuchten, und helfen, das Mitgebrachte aus dem Kofferraum ins Haus zu befördern. In dem Haus, welches drei Generationen miteinander teilen, wird gelacht und geschwatzt. Und man merkt die Harmonie, die über allem schwebt. Man liebt sich.

In dem großen Wohnzimmer prasselt ein fröhliches Feuer im Kamin und die verbrannten Holzscheite verbreiten einen, wie man in Dänemark sagt, „hyggeligen" Duft. Plaudernd steht man zusammen und tauscht sich miteinander aus. Dann richten sich alle Augen auf die nun aus dem oberen Stockwerk dazustoßenden jungen Leute mit dem kleinen, im August geborenen Lasse, der mit wachem, interessiertem Blick in die Runde schaut. Nun ist die Familie komplett und die Lautstärke schwillt erneut an. Nicht nur *„Urahne, Großmutter, Mutter und Kind in dumpfer Stube beisammen sind" (Gustav Schwab)*, nein, auch

Großvater, Vater, Tanten, Onkel – alle sind beisammen und freuen sich auf schöne Stunden. Die Kerzen am festlich geschmückten Tannenbaum werden angezündet und man beschließt, vor dem Essen einige Weihnachtslieder zu singen.

Danach wird ausgiebig gespeist, jeder hat seinen Teil dazu beigetragen. Dann geht es für die Jungen wieder nach oben, um das kleine Weihnachtswunder, vom Babyphone behütet, zum Schlafen zu legen, während sich die Jüngeren dem Küchendienst widmen. Mit einer Tasse Kaffee und leckeren selbstgebackenen Keksen geht es in die gemütliche Sesselecke. Bald schon kommen Lasses Eltern zurück und der Papa trägt einen DinA4-Bogen in der Hand.
„Ich habe die letzte Weihnachtsgeschichte von Oma mitgebracht. Die würde ich gern vorlesen", meint er. Alle sind einverstanden und die grauhaarige Oma, die nun Uroma geworden ist, sitzt im Ohrensessel und lauscht wie alle der tiefen Stimme des Enkels.

„Ja", meint sie, „so viele Weihnachtsgeschichten habe ich im Laufe der Jahre geschrieben und an mir nahestehende Personen verschickt, dazu immer auch persönliche handgeschriebene Zeilen. Es hat mir immer viel Freude gemacht und ich habe viele liebe Rückmeldungen bekommen, also eine schöne und beglückende Aufgabe für mich. Doch dieses wird das letzte Jahr sein, denn meine Hände sind müde geworden, sind steif, kribbeln, haben Schwierigkeiten, den Füller übers Papier flitzen zu lassen. So verabschiedet man sich mit zunehmendem Alter von vielen Dingen."

Einer aus der Runde hat nun die Idee, Worte über die Hände zu finden, was mit den Händen erreicht und getan werden kann, wie sie jeden von uns auf verschiedene Weise durchs Leben begleiten. Da kommt viel zusammen. Ein kleiner Wettstreit beginnt, denn jeder der Anwesenden hat mit seinen Händen schon viel bewirkt, sei es in der Kunst, beim Basteln, beim Handwerken, in der Landwirtschaft, beim Schreiben von Gedichten und Geschichten. Glaskunstwerke sind mit Hilfe der Hände entstanden und schöne Handarbeiten. Es wird gepflegt und geheilt, getröstet und gestreichelt, die Hand zur Versöhnung gereicht, Tränen getrocknet, Musikinstrumente gespielt, getrommelt, im Takt geklatscht, Beifall geklatscht, getragen und gehoben. Die

Hände haben etwas ertastet, vieles berührt. die Hände wurden zum Gebet gefaltet und zeigten zum Sternenhimmel.

Viele positive Dinge fallen ein, negative Dinge dagegen viel schwerer. Ob dies am Heiligabend liegt? Hände können auch zerstören, schießen, schlagen, verletzen. Da gehen schnell die Verben und Tätigkeiten aus und so wollen wir diese auch gar nicht fortsetzen. Wie schön, dass die positiven Eigenschaften sich wie Perlen aneinanderreihen.
So verläuft dieser Abend mit kleinen Anekdoten und vielen Dingen der Hände, die wohl begreiflich machen, dass sie im Alter beginnen, die Folgen zu spüren.

Der Uroma fällt abschließend noch ein Bild ein, das ihr immer wieder einmal im Kopf begegnet, zwei Hände mit besonderer Aussage, die sicher ganz vielen von uns bekannt sind. Es war in einem der Italien-Urlaube, noch zu zweit als Ehepaar, bei der Besichtigung der Sixtinischen Kapelle im Vatikan in Rom. Das Fresko Michelangelos an der Kuppel, so beeindruckend. Adam streckt seine Hand Gott entgegen und wird fast von ihm berührt. Nur ein kleiner Spalt trennt das Zusammentreffen der Zeigefinger, benannt als die „Erschaffung Adams". Eine Frage, die bleibt: „Weshalb berühren sie sich nicht?"

Schließlich setzt sich Lasses Mutter ans Klavier und stimmt bekannte Weihnachtslieder an. Als sie dann auf die bekannten amerikanischen Lieder kommt, wird die Stimmung ausgelassener.

Ein schöner tiefer Weihnachtsabend in Harmonie und Fröhlichkeit. Und alle haben wohl verstanden: Hände dürfen müde werden und die Aktivitäten können kleiner werden. So ist dies der letzte Weihnachtsbrief der Uroma mit der letzten eigenen Geschichte. Das Schreiben wird sie sich trotzdem in keinem Fall verbieten und die Ideen dazu sind reichhaltig. Der Füllfederhalter wird überwiegend zur Seite gelegt.

Die Fahrt in die Stadt zurück geht still zufrieden durch den frischgefallenen Schnee.

Allen glückliche, kerzenhelle, harmonische Weihnachtstage 2023 und Gesundheit und Frieden für das kommende Jahr.

Liebe Leserinnen und Leser,

nun ist ein Buch aus meinen über Jahre geschriebenen Weihnachtsgeschichten entstanden, die einen Schlusspunkt unter diese Sparte meines Schreibens setzen. Meine Tochter Birte und ihr Mann Martin ermutigten mich dazu. Zunächst hegte ich große Zweifel, diesen Schritt zu gehen. Inzwischen freue ich mich darüber und hoffe, dass ich auch dem einen oder anderen mit dem Buch eine Freude bereite.

Das Lesen und das Schreiben sind schon seit der Schulzeit meine Hobbys. Schon damals schrieb ich Tagebuch und dies setze ich auch heute noch fort – ein großer Stapel ist es inzwischen. Meinen zwei Mädchen Heike und Birte habe ich meine Begeisterung von klein auf weitergegeben; auch aus ihnen sind Schreiberlinge geworden. Birte hat einige Bücher veröffentlicht, genau wie ihr Martin. So hatte ich professionelle Hilfe an meiner Seite. Ein ganz liebes Danke an dich, liebe Birte, die du die Hauptarbeit geleistet hast, doch auch an dich, lieber Martin.

Die nächsten Geschichten, dieses Mal für Kinder, schreibe ich im Diktat auf dem Laptop, um die müden Finger zu entlasten. Einige sind bereits entstanden und ich werde meiner Fantasie mit Freuden weiter ihren Lauf lassen.

Ich danke allen Leserinnen und Lesern, die sich, wie ich hoffe, durch die Geschichten ein weihnachtliches Gefühl erschaffen haben.

Friedliche Weihnachten wünscht Helga Stährmann.

Zeitfracht Medien GmbH
Ferdinand-Jühlke-Straße 7
99095 Erfurt, Deutschland
produktsicherheit@kolibri360.de